海は忘れていない

鈴木文子詩集

Suzuki Fumiko

コールサック社

鈴木文子詩集『海は忘れていない』目次

一章　海は忘れていない

二章　最後の捜索

三章　我孫子だより

四章　遠い記憶

鈴木文子詩集

海は忘れていない

一章　海は忘れていない

海は忘れていない

二〇一一年一〇月
長崎県　伊万里湾沖
二〇メートルを超える海底から
沈船が発見されたという

　蒙古　フビライ軍の来襲
〈ビュービュー　ヒューンヒューン〉
蒙古は二度とも暴風雨に見舞われた

特に　二度目の侵攻では
四四〇〇の軍船が
　壊滅したと言われている

戦わずしての勝ち戦《いくさ》で芽生えた
「神風」「神の国」という言葉は
神仏を信じた人から出たと言うが
元来　命を産み出す
海や母親たちの
祈りだったような気がする
透明な深海のように

海は忘れていない
神風をねじ曲げ
戦意を煽《あお》った

あの侵略を　失った生命を
人間魚雷「回天」を
攻撃艇「震洋」・「マルレ艇」を
神風特攻隊を
一九四五年　八月十五日を

海は
生命の母だから

海底の捨石

十五年戦争末期
海軍や陸軍は
秘密攻撃艇の開発を命じられていた

名称　海軍の攻撃艇「震洋」・陸軍の攻撃艇「マルレ艇」
ベニヤ板製モーターボート
船長五・六メートル　幅一・八メートル　最大速力二四ノット（「マルレ艇」）
二五〇キロ爆雷一個装備
航行三時間半　補給燃料なし

任務

アメリカの停泊船に体当たり
攻撃隊の主力は
十六歳から二十五歳の幹部候補生
少佐　大尉　中尉　小隊長　見習士官
若者たちは昼夜の猛訓練を受け
昭和十九年十月
三十コ隊編成で
フィリッピン　沖縄　台湾
最後の激戦地へ出発

命令　必ず夜間の不意打ちを！

攻撃隊は不慣れな海で
無防備な特攻艇を操り

生還することのない任務に励み
敵艦六十隻を撃沈した
隠密部隊一三五〇人の若人*は
終戦を知らず
現在《いま》も海底で戦っている

*アメリカは書き留めている
攻撃艇は全て沈められても
日本の若者は泳いで手榴弾攻撃をしてきたと

海底に眠る元寇船・船喰虫《ふなくいむし》

1　元寇沈船

長崎県と佐賀県の県境　伊万里湾周辺は、二度に亘る蒙古来襲（元寇）があった。二度とも暴風雨に見舞われ多くの敵船が遭難した。

（元寇＝鎌倉時代、中国を支配していたモンゴル帝国（元）が攻めて来た事変。「文永の役」一二七四年・「弘安の役」一二八一年）

＊国家の危機が台風によって打開されたため、後に「神風」伝説が組み立てられた。

琉球大学法文学部　池田榮史教授を先頭に、元寇沈船調査が始められて七年、二〇一二年に沈船の構造が明らかになる。と同時に、周辺には中

国陶器・煉瓦・硯・銅銭などが散在していると判明した。しかし、船を
止める木製イカリは船喰虫に侵され滅失していた。

＊沈船遺物が発見された長崎県鷹島町の海域は、日本初の海底遺跡「鷹島神崎遺跡」として、
国史跡に指定された。

2　船喰虫との出会い

「沈船が船喰虫にやられてましてね！」
一瞬　池田教授の顔がゆがんだ
船喰虫？　初めて聞く虫だった

木製のモンゴル沈船を
いち早く発見したのは
貝から進化した船喰虫に違いない

頭に残した貝殻のヤスリで流木を掘り
石灰質の分泌液を吐き内壁を固め
流木を餌に生きていたのだから

船喰虫は
ホタテ　アカガイ　ハマグリ　シジミ
二枚貝の一族
多くの生物が暮らす海底は
想像以上に暮らしにくい環境で
生存競争も激しかったに違いない
餌の流木も
めったにやってこなかっただろう

3　船喰虫の生態

人間が木造船を作ると
いっきに食糧事情は豊かになった
柔らかくなった木肌に食い込み
自分の体が入るだけの穴を掘り
真っ暗な木の中を
頭の二枚歯でバリバリ喰らい
成長すると体長は一メートルにもなる

船喰虫は
メスオス両性の機能を持っていた
最初オスの機能が成熟し
オスの機能が衰えるとメスに変身する
オスが吐き出した精子は

ゆらゆら　ゆらゆら　波間を漂い
海中に突き出たメスの管を通って
受精するのだ
互いの挨拶も　顔を見ることもなく
メスは卵を幼虫に育て海に放す
勝手に生きなさい！　気合と共に

吐き出された幼虫は必死に水中を漂い
四日のうちに
木の表面に辿りつかなければ
死んでしまうのだ
運よく木に食らいつければ
胃袋を満たしながら棲家を造る
一度木に食い込んだら
一生その木から出られない

船喰虫は水中では生きられないから

4　船喰虫の一生

船喰虫は
生家も　両親も知らない
子ども達と遊んだこともなければ
ガキ大将が居たこともない
いじめっ子に泣かされた記憶もない
序列も貧困もない
あるとすれば孤独と死だけ

船喰虫だって眠るときがある

飲み込んだ木くずが消化し始めると
眠くなるのかも知れない
夢見ることだってあるだろう
恋人を追いかけ興奮のあまり
木の粉を噴射し
海を濁らせたりもするだろう

一本の木　一枚の板
無数の船喰虫が棲家を造っても
巣穴同士　鉢合わせすることはない
接近を察知すると
急いで折れ曲がり方向を変える
棲家の奪い合いも　争うこともない
ひたすら木を食らい続ける

船喰虫に食われた木を乾かすと
縦横無尽にくねった無数の穴だらけ
隙間にぶらさがっているのは
半透明の鱗だ
空気が揺らぐと舞い飛ぶ　ひら　ひら
たたきつければこなごなに砕け
虫だった面影はない

5　船喰虫は害虫

ホューイ　ホホーイュ
呼んでいるような声
海底の宴のような響き

噴き上がって来るうず潮か
ホーイユ　ホホーイ　ホーイ
四十億年前
海底に吹き出た生命誕生の泡音か
ホユーイ　ホホーイユ
ぱっかん　雲を見ている
どしゃ降りの空に船喰虫は居ない
バケツを逆さにした雨
水をぶちまけているのは誰だろう
良く見るとバケツの底がない
底抜けの奥　空はスカイブルー
海底には無い愉快な現象だ
口あけて見上げている　ぱっかーん

船喰虫は誰かを攻めたこともない

船喰虫は誰かに害を加えたこともないが
害虫　学術誌に記録されている
何時　誰に害を与えたのか記録はない

6　生きていた船喰虫

＊木造船時代は終った。世界は鉄船時代。
船喰虫は鉄喰い研究に余念がないだろう。

一五〇年前
人間は船喰虫の穴掘りをヒントに
トンネル掘削に成功した
世界初は英国テムズ川の水底トンネル

日本初は　秋田県羽越線の折渡《おりわたり》トンネル

地下鉄の最前車両に乗車し
ウインドウから入坑口を確かめる
丸い入坑口　ドーナツ形の坑内
暗い穴に点灯した碧い光は
すれ違いＯＫサイン
車両は複線にカーブを切り
対向車とすれ違った
今や世界の地下鉄技術は船喰虫掘削工法だ

頭に貝殻名残りのヤスリを巻き
大口あけ汗だくで叫ぶ顔は
激怒する労働者デモ隊の顔　船喰虫の顔だ

＊参考資料　『元寇沈没船の謎』琉球大学法文学部考古学研究室
資料提供　楊原泰子氏
トンネル技術はイギリス人ブルネル「シールド工法」

あれから

中国　雲南省
温暖な高原地帯には
多くの民族が住み
稲作が盛んだとか

紙馬と書いてチーマと読むのよ！
旅の土産を見せながら
詩人高田敏子さんがくれた木版画は
子授け　首吊り除け　災難除けなど

木版画に刻まれた神々は
三千種類もあるらしい
現地の人々はチーマに願いを込め
夜中　燃やしながら
願い事をするという

幸せのチーマを
夜空に向かって振ってみたが
雲南省から　未だ何の宣告もない
二十年も経つと言うのに

墓

農作業の手を休め
老夫婦が案内してくれた
其処は
セイタカアワダチソウ　アレチノギク
ヒメムカシヨモギ　キクイモ　ササダケ
足元はエノコログサ　ナズナ
枯草の間から顔を出す大小の墓石
雑草をかき分けて踏み込めば
途轍もない穴に引き込まれそうな気配だ

千葉県山武郡芝山町大里　加茂地区
此処は　関東軍満州七三一部隊
部隊長だった　石井四郎の故郷
墓屋敷ともいえる一族の仏塔に
……。
戦死した長男
捕虜をマルタと呼んだ　七三一部隊
特設監獄の責任者だった　次男
部隊で動物舎の管理をしていた　三男
四男　細菌部隊長四郎の墓は見当たらない
……。
どの墓標にも
青カビのような苔が無数に付着している
一族は四郎のペスト菌で
二度死んだのかも知れない

供養者の絶えた無縁仏たちが
水と団子を欲しがっている
これこれ操さん　この人が中将の奥さんだよ。
土地っ子だという老人が摩《さす》るその石だけ
何故か　碧くさっぱりしていた

老人はいうのだ
中将さんは村を豊にしてくれたと
満州から帰った村の者は必ず新築したと
戦後　帰郷した中将さんは
牛車に乗ってくれ　といっても
牛が可哀そうだと歩いたもんだ　と
手拭いかぶりのばあちゃんが笑う
その話　何度も聞いた！

戦後の中将・石井四郎は逃走して行方知れず
細菌戦データーを提供する代わり
戦争犯罪を免じろと
アメリカから一筆取ったのは　自宅だったとか
中将の墓は何処へ逃げたのか？
八十歳の夫婦には聞かないでおこう

山あい農家の空気は温かい

＊参考資料　森村誠一『悪魔の飽食』ノート

アウシュヴィッツ
――生命《いのち》の膏《あぶら》

コオロギが鳴いている
開け放った窓をよじ登って来る

アウシュヴィッツ・ビルケナウ第二収容所
死の門　ゲートから伸びる鉄路
引込線の線路沿いを歩いた
靴底を突き上げる砕石
乾いた土　背丈を競う雑草
これらは歴史を記録しているだろう

ビルケナウ　女性収容所の近く
薄いピンクのハルジョオンに似た花
背伸びしているような細長い茎を
採取しノートに挟んだ
何処にでも咲く馴染み深い草花
国境も種類も関係なく犇めきあっている

罪もないのに貨車に詰め込まれ
年寄り　子ども　病人　妊婦は
役立たずと選別され
シャワーを浴びろ！　と
財産を没収され　身ぐるみ剝がれ
まっ裸で子を抱き　手をつなぎ　寄り添い
行く先も分からず　行列した
湿地帯の道路は雨が降るとぬかるみ

粘土のような土に足を盗られ
陽照りには砂埃が素肌を突き刺した

シャワー室に閉じ込められたのは　数百人
……
突然
天上から噴出した　害虫駆除の毒ガス
のたうち　からみあい転げ　十五分で息絶えた
一日　八〇〇〇人の命が煙と消えた
死体は野原で焼かれ
じゅくじゅく　じゅくじゅく
焼けながら搾り出される膏《あぶら》は
たらたらと器から溢れた
生命《いのち》の膏は
捕まえられた囚人たちの手で

ローソク　石けんに加工された

無念のローソクは何を照らしたか
加工石けんは誰の垢を落としたか
視てきたホロコーストの結果を重ねながら
赤い花柄の包装紙を見ている
ドイツ土産の石けんが匂っている

目の前にハルジョオンに似た
薄いピンクの押し花がある
コオロギが鳴いている

赤いキクイモ

風に運ばれたのではない
鳥と共に舞い降りたのでもない
遠い国から連れて来られたのだ
菊に似た花　地下茎がイモになる
キクイモ

戦争中
根っこのイモは食糧
アルコールの原料にもなると
強制栽培で全国に根づいた

帰化植物

毎年
川沿いの土手や休耕田の草を割り
舞い上がるヒバリを追って成長する
地下のイモは数を増やし
秋には黄色の花が咲きこぼれる

ポストカードに描かれていたのは
赤道直下のラバウル
日本軍が占領と同時に建てた
「ココポ慰安所」三棟の周囲に
赤いキクイモが寄り添うように咲いている
キクイモは慰安所の材料と一緒に
運ばれて来たのだろうか

〈最初の花は黄色だったのかも知れない〉
……。

キクイモの赤は
朝鮮の恨《ハン》*　慰安婦たちの口紅の色
ジャングルの赤い花弁に
亜熱帯の風が触れると
仕込まれた女の性がほころぶとしたら
許せないことだ
ラバウルの帰化植物を見つめていると
一瞬
おしろいの匂いが鼻先をかすった

ポストカードに描かれた

赤いキクイモ
化粧せずあなたと向き合って
一日が暮れた

＊不当な仕打ち、不正義への奥深い怒りの感情

修学旅行

「国民学校一年生の会」二〇一七年五月十八日解散

国民学校って知ってる?
さあ　知らない!　どんな学校?
実は私も知らなかった

太平洋戦争目前の一九四一年
軍国主義教育を徹底するため
小学校を国民学校と呼び名を変え
教科書に軍国美談が登場し
天皇を現人神とし　戦争を美化した
音楽は　ハ・ニ・ホ・ヘ・ト・イ・ロ・ハ

国語は　アカイ　アカイ　アサヒ　アサヒ
神国日本に神風が吹き
鬼畜米英殲滅（皆殺し）と教育された

国民学校の存在は六年間だった
一九四七年四月　新制中学一年生になって
最初に学んだ「新しい憲法のはなし」に
希望の光を見いだし
歳を重ねた生徒たちが
子や孫　世の中の平和を願って立ち上げた
国民学校一年生の会
全国の仲間たちと目標を担いで十八年
平均年齢八十三歳を迎え　計画した修学旅行
沖縄　連帯の旅
この旅に私も参加した

宮古島にて

皆さん　はだしになって
この白い砂浜を踏んでください
その感触が島んちゅ　沖縄です

島んちゅガイド嬢がマイクを握りしめ
山がない　川がない　水がない
できるのはサトウキビ　キビだけでした
キビを倒しに台風がやって来る
ひと夏に　何度も襲って来る
この白い砂浜が白米だったら

もっと暮らしは楽になる
歌のような節まわしで車内を見つめ
声はり上げ　島の歴史を語った

第二次世界大戦　終結後
主君「アメリカ世《ユー》」二七年
主権回復した今「ヤマト世《ユー》」でしょ
日本国　沖縄県でしょ

みんなで歌う　海に向って声かぎり
我らと我らの祖先が血と汗をもて
守り育てた沖縄よ（「沖縄を返せ」部分）
土にかえった魂たち
スクラム組んだ声に血が通う
叫ぶ島んちゅ　叫び続けよう私たち

沖縄に似合うのは　青い空　碧い海！
沖縄の基地は無用の長物！

這い上がって来る白砂の温もり
這い上がって来る三線《さんしん》の音色

沖縄　慰霊の日に

二〇一八年六月二三日
戦後七三年　沖縄慰霊の日
浦添市立港川中学三年
相良倫子さんの詩「生きる」は
地下に眠る魂に　海を越え響いたに違いない

朗読の少女も　知っているだろう
私が訪ねたハンセン病療養所
沖縄　宮古南静園
ここが国の強制隔離施設だったことを

夫婦の入所は　断種が条件だったことを

太平洋戦争当時
入所者は栄養失調　マラリヤは治療もされず
一三三人もの死者を仲間たちが戸板で運び
火葬し　埋葬していたことを
昭和十九年十月十日　宮古島初空襲の日
日本軍に壕を乗っ取られ　食料を没収され
患者全員　雑木林に追い込まれたことを
土を食っても命を繋ごうと
拾った爆弾のカケラを打ち鳴らし
仲間たちで安否を知らせ合っていたことを

谷底の隔離施設が見張られ
出産禁止　強制断種

隔離政策は昭和三三年頃まで続けられ
九〇年続いた「らい予防法」の廃止は
平成八年だった

少女の声は　地下にも納骨堂にも届いたろう
詩「生きる」は私が訪ねた　南静園に宮古中に届いたに違いない

ダイトウビロウの木は

――南大東島では南南東の風

天気予報で知られる南大東島は
沖縄本島から東へ三九〇キロ
台風時には　打ち寄せる波で島が震え
海岸に自生するダイトウビロウの木が
強風に立ち向かうと言う

一九三一年　島に小型飛行場が建設され
翌年　巨大戦艦「陸奥」が着岸し
連帯本部が設置されると
朝鮮人慰安婦の姿が　ちらほら

日本軍が南大東島に
慰安所建設を始めたのは
中国戦線からと言われる
——ここは満州や南方ではない
　天皇が統治する国土の一部なのだ
知事の反発を余所に戦場は拡大し
一九四一年
沖縄における慰安所第一号が設置され
朝鮮の女性たちを慰安所に押し込んだ

よしこ　源氏名を呼ばれ
親がつけてくれた名を名乗ると
ダブルパンチ　口から血が噴き出しました
来る日も　来る日も
覆いかぶさってくる兵隊

身体が休まるのは
淋しい病気を移された時だけでした
逃げても　隠れても連れ戻され
殴られ　侵され　血だらけになって
薬飲んだけど　死ねなかったわ

戦争に負けて　山奥に捨てられ
ようやく故郷に辿り着いたら
死亡　戸籍が抹消されていたわ
慰安婦だって　生きてるのよ
慰安婦だって　腹へるのよ
「戦争を起こしたのはだれですか?」
「慰安所を作ったのはだれですか?」

ダイトウビロウは　島を象徴する木

直立の幹は天に向かって一〇メートル
遠い日の戦争を　慰安婦たちを
記憶しているに違いない
春には　枝分かれした取っ手の先から
涙に似た小花が　ポロポロこぼれるという

＊参考資料　洪玧伸『沖縄戦場の記憶と「慰安所」』

ニライカナイ

——ウフ　アガリ島
　島に向って飛んでいます
　そちらから　私が見えますか
「ウフ」は大きい「アガリ」は東
楕円形の南大東島は
二〇〇〇メートルの深海から盛り上がった
サンゴ礁の島
大東諸島で一番大きな島
沖縄本島から三九〇キロ
那覇から飛行機で一時間

船で太平洋を揺られると十三時間

島の周囲は断崖絶壁
船は接岸できず
乗船客はコンテナに吊り上げられ
積み荷と共に着岸すると言う
死者の魂がたどり着く楽土
ニライカナイ*の伝説がある島

――あなたに会いたくて
　空を飛んでいます

「ダイトウビロウの木は
ビンロウジュと呼び
島んちゅの宝」

宿の主人は車を飛ばしながら
ビンロウジュの由来を語った
さとうきび畑を抜けると
海にそびえ立つビンロウジュ
神が宿るという　島一番の古木
直径一メートルはあるだろう
シュロの木に似た大木だった
潮風に揺れる葉を　見上げれば
掌に似た葉がキラキラ
キラッ　キラッ　キラキラ
木漏れ日が舞いながら降って来る

ここは　ニライカナイ
やって来ました　命の故郷
魂がたどり着くという　東の彼方

――あなたが逝って　四十五年

＊奄美・沖縄地方で海の彼方にあると信じられている楽土

朗読構成詩

いま ふりかえる
姉妹で逃げまどった沖縄戦

歌 一人称で かたき土を破りて 民族の怒りに燃ゆる島
沖縄よ……緞帳上げながら
歌 全員で 我らと我らの祖先が 血と汗をもて守り育てた沖縄よ

「沖縄を返せ」

全司法福岡高裁支部

朗読 「姉妹で逃げまどった沖縄戦」

わたしの家は那覇の東 家の前には国場川《こくばがわ》が流れ
裏手には那覇と与那原《ヨナバル》を結ぶ鉄路が伸びていた

父が一九四四年十月海軍に召集され　生まれてくる子を案じながら出航した
翌年　十月二十七日　小さい四人姉妹を残して父は戦死
一九四五年三月二十三日早朝　アメリカ軍が沖縄攻めを開始した
母は　生後三カ月の妹を負ぶい　三人の手を引き先祖の墓に駆け込んだ
泣き止まない妹　母が墓の外に出てお乳を飲ませていると
何処から飛んできたのか　誰かの骨のカケラが母の乳房に突き刺さった

太平洋戦争末期　沖縄は日米最後の決戦場だった
攻撃範囲は奄美から八重山諸島はじめ　一二〇〇キロにおよぶ南西諸島
アメリカの占領目的は、沖縄を西太平洋最大の軍事基地にする戦略だった

アメリカの沖縄攻撃部隊は　軍艦一五〇〇隻　上陸部隊十八万三〇〇〇人
後方支援隊を加えると　総勢五十四万人の兵隊を投入した
その上　イギリス太平洋艦隊がアメリカに所属し　宮古・八重山に艦砲射撃

＊＊アメリカ軍は洞窟に隠れた人々を　燃え盛る炎で焼き殺した
＊＊体中に火が回り炎に焼かれる乳飲み子　這い出す幼子《おさなご》に銃弾を浴びせた
＊＊一つ一つの洞窟に手榴弾を投げ込み燃やし　燃やし尽くした
＊＊人々を防空壕から追い出し　逃げまどう命を無差別に奪った
＊＊沖縄方言で会話した大人・子供をスパイと決めつけ　虐殺した
＊＊どうか死ぬときは家族一緒に死なせてください　一発で死なせてください

アメリカの命令で　軍隊の命令で　母親が我が子を　年老いた両親を殺し
兄が姉を妹を　夫が妻の首を絞め　泣き叫ぶ子供等を丸太で殴り
ごめんな　ごめんな！
父ちゃんも・母ちゃんも　すぐ行くから　待ってろ！　待ってろよ！
叫び　狂いのたうちまわり　殺し殺され死んでいった　沖縄の人々
この光景をアメリカは　薄笑いしながらジャップ・ハンティング　日本人狩り
　と呼んだ

＊＊アメリカ兵は　住民とキャッチボールしたその手で　銃弾をぶっぱなした
＊＊アメリカ兵は　バイバイ　アイム　ソリー　覚えたての日本語で　死ねっ！
＊＊アメリカ兵は　コカコーラ大好きコーラ飲み飲み　沖縄の命まで飲み干した
＊＊アメリカ兵は　チューウインガム嚙み嚙み　海水浴しながら少女を　犯した
＊＊アメリカ兵は　口笛吹き吹きヘイ・カモン　ブルービーチで沖縄を殺した

沖縄は島々の戦争だから　遠く離れた小さな島々に情報は伝わらない
逃げて、逃げて　ただ山奥に逃げて　雑草や木の実　昆虫まで食べつくし
洞窟で餓死する老人たち　抱き合った夫婦・親子が命を絶つ絶叫
洞窟は死の匂い　腐って行く人間の動物の　肉・肉・肉の腐敗この世の地獄

スパイ容疑の農民　スパイと断定された漁師　全ての家族を虐殺
奪われた住民の命九万四〇〇〇人　軍人の死者とほぼ同数と言われる
しかし　餓死・スパイ容疑の虐殺　傷病死を含めると数字には収まらない
死体を覆いつくす真っ黒な蝿　骸に群がる蝿が人の形で砂浜に転がっている

「平和の礎《いしじ》」の名前を根拠にすると、合わせて二十四万人以上が死亡したと言われる

戦争は降ってくるものではない　人間が引き起こす残虐な犯罪なのだ
沖縄を住民を守ると　結成された日本の守備隊だったが
守備隊本来の任務は　アメリカ軍の本土上陸を遅らせるため
守備隊が隠れ家のガマを奪い　非難民や子どもを　乳飲み子を殺した
守備隊は天皇を護るため　アメリカ軍を一日でも長く　沖縄に留め置く作戦だった

＊＊一九四五年　八月十五日
日本はアメリカ連合国に降伏し　軍国主義は崩壊した
＊＊敗北が決定すると　先ず　日本軍がアメリカに交渉したのは
＊＊敗戦は仕方ない　が「天皇だけは　天皇制だけは絶対安泰に」だった
＊＊一九四七年宮内省御用係の寺崎英成は　ＧＨＱに親友がいた　更に妻はアメ

リカ人だった
寺崎は極東軍事裁判に備え、あらゆる人脈を通じ「天皇に戦争責任はない」
と天皇無罪放免のために走り廻った
（極東＝ヨーロッパから見て最も東の地域。日本　中国　朝鮮半島　シベリア
東部など）

＊＊＊

一九七二年　五月十五日　沖縄は日本に返還された
しかし「核も基地もない平和な沖縄」は受け入れられず
米軍基地は存続された
現在も沖縄は　基地被害に立ち向かい　戦い続けている

朗読

私の母は　子ども四人をかかえ戦場を駆けずりまわった

無学文盲だった母の遺品　黄ばんだノートに片仮名文字が並んでいた
ヤ　ラ　ヤ　ラ　ヤラヤラヤラと続く片仮名
それは「基地のない沖縄」を願い　知事選に立候補した
屋良朝苗の苗字だった　母は投票所で書く文字の練習をしていたのだ
ヤラ　ヤラ　ヤラ　私は思わず　ノート抱きしめ叫んだ　母さん！　母さん！

父よ　佐世保の海にいたそうですね
海軍兵だったそうですね　やっぱり神風は吹きませんでしたね
幼かった私も　南部の戦場を逃げまどっていました
だから　もう私は「日の丸は愛せない」いつだって「命どぅ宝」

戦争にとられて行く父と港で別れる時
父は幸福の住むニライカナイを指さしたそうです
それが最後　私の父は今も三十八歳のまま
父よ　わたしは貴方の歳を超えました

悲しみだけの戦争に時効などないのです

父よ　今また　日本が危ないのです
憲法が危ないのです　子どもたちが危ないのです

いま、日本国内にある米軍専用施設　七〇％が沖縄に集中している
アメリカ兵の事件　事故があとを絶たないが　真実は伏せられたまま
さらに「日米安保条約」「日米地位協定」によって
アメリカの基地は　日本国民一人一人の税金で維持されているのだ

歌「沖縄を返せ」（最初小さくだんだん大きく）

＊＊沖縄の人々は思っている　ウチナンチュウは日本国民で生まれも育ちも日本人
＊＊沖縄にある三八の米軍施設　其処には全てを奪う戦力が配置されている
＊＊美ら海に戦艦はいらない　沖縄に基地はいらない　平和を返せ！（二**度目は**

全員で）
＊＊ウチナンチュウ（沖縄人）　ムル（みんな）　マジュンドー（一緒だよー）
ミーヌシンニ（瞳に）
ウットータイクサバ（映っていた戦場）　ヌチヌアレー（命あれば）
ナンクルナイサー（何とかなるさー）

参考資料
＊連載講座　安仁屋政昭「日本近現代史に学ぶ」＝沖縄はなぜ基地の島にされたのか
＊資料提供　上里清美
＊佐々木藤子著『いま　ふりかえる　姉妹で逃げまどった沖縄戦』（私家版）
＊作構成・加筆　鈴木文子

二章　最後の捜索

立札　――東日本大震災・東電福島第一原発事故

体育館に並んでいた時は
名前も住所もあって　人間だった
裏手の仮埋葬所に移されたら
二六一　二六二　二六四　二六五
板っぺらに書いた数字になっていたっけ
……。
仕方ねのさ　一日で二七〇人だもの

番号はその町の住人だった証
漁師の顔　農業の顔
それぞれの体格があり　癖もあったろう

話すとき　髪を気にする人
考えるとき　顎を撫でながら遠くを見る人
二言目には　子ども自慢の夫婦
貧乏　貧乏が口癖の母ちゃんもいただろう
なくて七癖
〈癖ある馬に能あり〉*
たとえ通りの人たちだったに違いない

立札　二六三は
少女だったのではないだろうか
怒られたり　いじめられたりした夜は
夜中　むっくり起き上がり
近くの公園を一巡りしてくると
まっすぐ自分の寝床に戻ってきた
おちゃめな夢遊病だったような気がする

新聞の切り抜きから
くんにゃり　ぐんにゃり
傷みながら臭ってくる立札の番号を
胸に押し当て　わたしの鼓動で温める

＊ひと癖ある者には必ず取り柄がある

汚染――一年後の相馬

カーテンを開くと　海
岬の先端から　彼方の水平線まで
どれほどの距離があるのだろう
ぬるま湯のように　ぽやんとしている　海
〈海水温め装置〉*のためだろうか

宿の主人が　外は寒いよ！
コートにくるまり玄関を出ると
膏薬だらけのアスファルト
見る影もない家並　くにゃっと錆びた鉄骨

コンクリートの割れ目に　干からびた無数の生
映像に映ることのない犠牲

　だぁれもいない……痛い風

波打ちぎわに積みあがった漁船
箱だけの漁協
天窓に引っかかっているのはワカメだろう
風が来ると　ヒリヒリ音立てる
事務所に突っ込んでいる舳先
空っぽの大バケツ　ころがるバケツ
爪先だけ覗いている長靴
ぶるっ。身震いしたのは寒かったからではない

マスコミは

福島の食事、一日四ベクレル　被曝、国基準の四十分の一
健康の影響を心配するほどではない

地元紙は
一日四ベクレルは関東の十一倍
すぐ死ぬわけではないので
福島県民は我慢してもいいんじゃない？
ものは言い様……

想定外、想定外　ただちに、ただちに
あの反復も放射脳

＊原子力発電所。名づけたのは水戸巌氏（元東大原子力発電所助教授）原子炉内では三〇〇万ｋＷの熱が生み出され、発電量は一〇〇万ｋＷ。三分の二は海に捨てられている。
小出裕章著『原発のウソ』より

相馬駒焼

青ひびに描かれた
駆ける駒と松竹梅の花器
透かし彫りのような三枚は梅の花弁だろう
胴体の途中から二重になった斬新なもの
相馬駒焼を求めたのは
二人で会津を旅した時のこと
花を生けたのは数えるほどで
湯呑だったり　ビアグラスだったり
楽しんでいた人は
遠い昔　天翔ける精霊になってしまったが

福島原発から二〇キロメートル圏内だった
相馬焼の伝統工芸士
亀田安将さん　七九歳は
「死ぬまで現役でいたい」
と　避難先で語ったそうだ
伝統三五〇年の　窯元の　職人の
先祖伝来の血潮が　再興への思いが
湯呑みの青ひびから滲み出ているようだ
花弁の穴が　職人の決意を語り
描かれた馬　金のたてがみが
跳ぶようにも見える

福島県優良観光みやげ品
亀田 㕝 陶芸店

相　馬　駒　焼

福島県浪江町　電話浪江（5）2406

記念にと剝がさなかったラベル
生きている間にはこんな出会いもあるんですねぇ

夏の風物詩

あっ　いたいた　こっち　こっちだよ
トカゲを捕まえる子どもたちの声が
わたしの窓に駆けあがってくる
ちょっとうるさいけど
心待ちしている夏の風物詩
シャワー後のすっきり感とでも言おうか
今年はその声がない

去年の夏休み

アリの生態を観察した子
ダンゴムシを手のひらで転がしていた子
オオカマキリの威かくを
パントマイムで見せてくれた子
人なつこくてユーモラスな子どもたち
この夏は姿がない

近くの公園には
セミも　チョウチョも　トンボもいる
アリも　ゴミムシも　バッタも　ミミズもいる
けど　人影は空っぽ
ジャングルジム　すべり台　木馬
遊具たちは日向ぼっこの老人
ブランコを揺するのは　風の子ども
いつもは家庭談義で姦《かしま》しい砂場

童謡を流してやってくる移動図書館
口ずさんで待つ母子

元気なあの子たち　子どものうちには
もう　会えないだろう
ピピピピピッ　放射能放射能
ホットスポット

んだ　んだ

福島の普段語だという
んだ　んだ
そうだ　そうだ　の短縮語は
寒冷地の寒さを防ぐ知恵なのだろう

言葉は芽生えるもの
発芽したら土地の人は
雛を包む親鳥のように羽ぐくもる
　空気も　習わしも　人情も
種まきも　大漁うたも

丸ごと含めて育てるから
生え抜きの土地っ子
だから
お国訛《なま》りは地域の宝物だ
いのち　くらし　全て奪っていった
三・一一
放射能に追われ離散した
んだ　んだ
被災地はのっぺらぼうの抜け殻だ
みんな慣れない環境で
そうそう。そうです。
ぎごちない標準語

「東北楽天イーグルス」日本一
東北が泣いた　福島が泣いた

んだんだ　嬉し涙で繋がっても
塩っぱさが濃いのは
行方不明の家族と　友と
故郷に帰れない悔しさが混じっているから

今年も仮設で　避難先で
なんも　何も変わらず暮れて行く
　んだ　んだ　んだなぁ

殺処分の前に

なだらかな稜線
新緑が霞んでいる　朝霧だろうか
ゆったり　牛たちが若草を食む牧場
一見　映画のシーンのようだが

〈浪江町の被ばく牛　原発事故の証〉

「希望の牧場・ふくしま」は
原発から二キロ圏内　三二ヘクタール
草を食んでいるのは　三五〇頭

世話できなくなって捨てられた牛たちだ
　放射線量　毎時三マイクロシーベルト
　二四時間外にいれば
　一年で二六年分の被ばく
見えない　臭わない汚染にさらされ
毒の干し草を噛みしめている　牛たち

牧場代表の吉沢正巳さんが
怪我した子牛にリンゴを与えている
母親に甘える眼で受け取っている
乳歯が見える　鼻息が指を撫ぜているだろう
――人が被ばくしながら牛を生かす意味は
　ないかも知れない。
　でも、牛は見捨てられない――
吉沢正巳さんは

牛語も　牛の心も全て分かっているのだ

政府の方針は「殺処分」

牛は　天神さまの使者といわれた
最も古くから飼われてきた家畜だ
処分前に思い出してほしいのだ
誕生した天神さまの生命のまぶしさを
肌の温もりを

＊参考資料　「東京新聞」の記事を参考

最後の捜索

太平洋　三陸海岸
大震災津波被害から五年
陸前高田市は　今も二〇五人が行方不明
家族が沈んでいるのは
海なのか　沼なのか

　トントン　トン　トン　トトットン
潮風が　沼風が　雨戸をたたく
もしや　帰ったか？
電話が鳴る　手掛かりあったか？

夜中　玄関を覗きに行く　靴はあるか?
――ああ　このままじゃ　らちあかねぇ
出すしかなかった　死亡届

日毎に低くなるガレキの山
日毎に高くなる造成の盛土
「五年も経ったのに　今さら」
――いいや　家族にとっちゃまだ五年
――けんど　けじめはつけなきゃなんね
古川沼なら　フサ藻やクロ藻の繁る底
広田湾なら　外海の出口に隠れてる岩礁
今一度　今一度の捜索を

突然　命を絶たれた水底の骨に
もう一度深呼吸を　と

上野駅公園口に立つ
昔　春闘を闘った声で
遺族会請願書を読む　署名を訴える
黙ってペンを走らせてくれた紳士
わたしも東北　用紙を握りしめた主婦
これって役にたつの？　若い女性
このペン使いな　彼女に渡して去った大学生

署名の期限は十三日間だった
街頭の妹の友人の知人の　二七〇人の心が
レターパック便で　北に向かった

ホットスポット

ベランダに青虫が這っている
モンシロチョウの幼虫のようだ
植木鉢の陰なので
動いていなければ分からなかった
小さくて目立たないから
鳥たちに狙われることはない
わたしが足元を注意すれば
踏みつぶすこともない

幼い青虫は

何処から来たのだろう
ひょっとしたら　風のいたずら？
さらわれて来たのかも知れない
だけど
幼虫は育てないだろう
キャベツ　ダイコン　イヌガラシ
ベランダには
アブラナ科の餌がないのだ

もしかすると
青虫はベランダ生まれかも知れない
紫外線が見えるというモンシロチョウだから
放射能の色も識別できるのだろう
土壌のキケンを感知した親が
植木鉢の新芽を選んだに違いない

ベランダの近く
青山台西公園
除染工事中　立入禁止！
看板掲げられて二年
公園内で小さな虫たちが干からびている

彼の場合

　ブラボー　ブラボー
　海に向って叫んでいます
　学生時代のニックネームを

オフィスのドアを開けると
棒グラフ　ノルマ達成の氏名
並んでいる赤いバラ　選挙当選者のようだ
朝礼で渡された「必勝手引書」

――事務所を一歩出れば戦場だ

何があってもお前たちに保障はない
誇りを捨てろ　あるなら自尊心もだ
一にも二にも笑顔　これが鉄則
営業の笑顔を研究しろ
お客様は神様だ　神様には逆らうな

社員は営業車　派遣は自家用車で
企画商品かついで突っ走る
社員は赤信号でサンドイッチの包装を解き
自家用車は携帯片手に腰を浮かし
先導車のナンバーを追う
見失ったら大変　まばたきは禁物
必死にアクセルを踏む

――もしもし　今どこだ

お客とアポ取れたんだ　急げ
その角を右　曲がったらすぐ左
そのまま直進　俺の車が見えただろう
〈すいません　袋小路です〉
――何やってんだよ！　相手は分刻みのお客だ
お前　仕事の選択間違ったんじゃないの？
最悪だよ　最悪……
自分が消耗品だってこと分かってんのか

学校出てから　いろんな仕事しました
けど　今もフリーターです
母の手作り弁当を捨て　自分らしさを捨て
残っているのは抜け殻の五体だけです
自分を捨てる番なのかも知れません
後悔はしません！

ブラボー　ブラボー
海に向って叫んでいます
学生時代のニックネームではなく
デクノ坊の叫びです
東北の海に向って　荒い波に向って
もう一度やってやるぞ!!

命をひろいました
心地いい潮風　海の匂いがします

三章　我孫子だより

我孫子だより

利根川の堤防　枯れ葦の根元で
若い緑が背伸びしている
肩寄せあって　春を浴びている
柔らかい風に揺れる葦が
遠い日のスクラムを見るようだ

あぜ道は　まだ寝ぼけ彩だけど
枯草の陽だまりに
時おり　瑠璃色が見える
——あんたは素敵ね

オオイヌノフグリに声をかけると
甦ってくる　遠い日の仲間たち
若い日の　泣き笑い

農夫が
ガスバーナーで稲株を焼いている
振り上げ　振り下ろす
繰り返される長短のリズムは
台地にひょっこり浮上した
大道芸人のようだ

仕事始めの儀式
たなびく煙が　戯れながら
あぜ道を這って行く
坂東太郎の流れと　二人づれで

仏の座

春の陽ざしが濃くなると
白茶けていた田や　利根川の堤防が
とりどりの新緑に染まる
帰化植物たちの春祭だ

祭一番の賑わいを見せるのは　仏の座
半円形の葉が向かい合って
唇の形した赤紫の花が
蓮の花に乗った名前の由来とか

一七八二年から五年に亘り
奥羽・関東地方を襲った
天明の大飢饉
各地で　一揆・打ち壊しが続出し
疫病　餓死者九十万人

水に流すから　水子
流れて泡と消えるから　泡子
村々の女たちが　腰まで水に浸かり
泣き　叫び　狂って我が子を流した川
遠く川沿いの村々から
流れて来るへその緒を
海に送り届けた利根川
「水子たちの霊が鮭になって上ってくる」
昔　城侑さんから聞いた由来だ

今年も　堤防には満開の仏の座

茨城県利根町
徳満寺　四百年余の歴史ある寺
本堂に収められた
間引きの絵馬を
大木に宿った仏たちが見守っている

けやき通り　朝

どんよりとした朝
雀たちが騒がしい
また　ハシブトガラスだ
トランスを支える鉄枠に
子雀を踏みつけ
嘴を突き刺したところだ

けやき通りは通勤ラッシュ
信号待ちする車列の上空を
子雀の綿毛が舞っている

――左へ曲がりますご注意ください
満員バスが通過すると
旋回が速くなる綿毛を
ベランダで見送っている

綿毛が曇り空に同化して行く
電線で整列している　沈黙たち
雀の弔いは　置物のようだ

＊

秋
けやき通りが賑わしい
飛び交う応援団は
ソプラノ　テノールの混声合唱

巣の完成が近いのだろう
けやきが色づき始めた
寒くなるまでには成長するに違いない

自然の領域

表通りのケヤキ並木
窓を開けると木の息吹が聞こえる
新芽が微笑みそうな気配だ
やがて　三月

ケヤキの芽吹きは　ココナツブラウン
赤茶色した思春期の目覚めだ
濃くなる陽ざしに恋をして
ライムイエローの若葉が背伸びする
名残の枯葉も小刻みに揺れて……

土が温もると　アリジゴクも目覚める
頭のシャベルで砂を吹き飛ばし
ぐるぐる　ぐるぐる円周を狭めながら
すり鉢型の地獄を整え
溝の真ん中で顎だけ出している
獲物が足をすべらせると
砂が崩れ　地獄の底へまっしぐら
キャッチの態勢を整え
夢見心地で待機している

生きるか　生きられるか
食うか　食われるかは
太古から引き継がれてきた命
命たち全ての領域なのだ

窓辺の樫

窓辺に樫の木がある
主軸から別れた三本の幹は
細い枝が伸び放題
剪定されたことがないのだ
木と共通の結びつきがある気がして
親しみを感じている

樫は
成長すると二〇メートルにもなる
澱粉を含んだドングリを実らせ

材質は堅く弾力性があるので
建築材や農機具には最適
良質の炭にもなると言う

北ヨーロッパの農家では
避雷針替わりに樫を植えるとか
雷神が宿ると敬まわれているらしい

窓辺の樫は
大木にもなれず雷神も宿らないだろう
見上げるほど高いコンクリートの土留め
天辺はサザンカの古木並木
要するに　陽当たりが悪すぎるのだ
それでも
嵐の日はひしめく枝葉で幹を庇い

葉脈の窪みに雨水を溜め
水晶をゆっくり転がすように
日照りの幹を潤しもする

ことのほか暑かった夏
樫の木も疲れきっているに違いない
夏バテで再起不能かも
頑張れ　今日は立秋ですよ！

雑草は

植物学では
名前も分らない雑多な草
栽培目的以外の植物
生命力が強い草
これらを雑草と呼ぶ

花壇が日照り続きでぐったり
雑草は青々としげって元気だ
雑草にとって乾燥は
根っこに栄養を蓄えるチャンス

根っこは栄養のメインバンクなのだ

雑草は
畑や道端　庭の日陰に生える
けれど
厳しい環境にいどむ雑草は弱い
弱いから競争をさける
弱いから何処で勝負するか
何時も　根っこで考えている

雑草は
逆境がないと生存できない
逆境を利用して生きのびて来たから
草取りで土が掘っくりかえされると
貯蔵庫の種に光が囁く

これが芽生えの合図
発芽の誘導なのだ

道端で　バス停で
オオバコ　ハコベの種が熟れている
通勤　通学の靴底にめり込み
種たちは新天地へ旅立っていく
雑草の花は目立たないけど美しい
植物学に一項目加えなければならない
雑草は弱いから仲違いを嫌い
仲間を増やす植物　と

イシャゴロシ

ヒマラヤ国立公園
生息する二五種類の動物も
広葉樹林も　針葉樹林も
今　絶滅の危機にあるらしい

一輪ざしのドクダミと向きあっている
ドクダミが
ヒマラヤ山麓を飛び出したのは
いつ頃なのか　定かではないが
中国に根を下ろし　繁殖し

列島の何処に辿り着いたのだろう

花弁のような白い十字は
花を保護するための葉で
花は十字の真ん中から伸びた淡黄色の穂
雄しべ雌しべが受精しないのは
ヒマラヤの過酷を
背負っているからに違いない

心臓型の葉　個性的な葉脈は
煎《せん》じれば解毒剤になり
腫れもの　打撲《だぼく》　虫さされには
生葉を焙《あぶ》って患部に貼る
万能薬のドクダミを
母は　イシャゴロシと呼んでいた

日陰の群落を引き抜いてみると
縦横に伸びた新芽を
ひげ根たちが優しく包んでいる
すでに臭いも一人前だ

「強いものは自分の弱さを忘れない」
西洋のことわざに母を重ね
一輪ざしのイシャゴロシに向きあっている

猫のように

山茶花の根本
枯れ草の陽だまりに
白と茶色の野良猫ボールがいる
その一角が安らかなのは
時が眠っているからだ

時計が読めるようになったのは
何歳ごろだったか
「いま何時?って聞いてみて」
母にねだっていた記憶がある

あの頃のボンボン時計は
ぽやん　と丸い文字盤だった

いつの頃からか
時計は四角になり
角ばった文字盤が
正方形の箱に
無理難題を詰め込んできた
冠婚葬祭　喜怒哀楽
四角四面だという国民性まで
はい　はい解りました
時計は　何でもかんでも引き受けて
あっぷあっぷのヨロズ屋だ
　いま何時？　そんなこと知るか！
もう限界だ　何処かで声がした

山茶花の根本ボールが目覚めた
尻尾を立てて大あくびしている
あの温もりを借りて眠ろう　丸くなって
ほんの少しだけ……

くちなわ

マンションの通路に　板切れが貼ってある
「ヘビが出ます。ご注意ください！」

とつ然　グラグラッときて
目の前がまっ暗になり
地面に落ちてしまったらしい
……。
ビシッビシッ　痛みで意識が戻った
鱗が千切れ飛ぶ
のそのそしていたらお陀仏だ

――逃げます。危険です。殺しましょう。
しの竹が追いかけてくる

こっちこっち　はやく。
呼んでくれたのは　樫の木だった
木の天辺は阿弥陀さまの手のひらだ
落着いてみると
吸い上がってくる養分が
周波数のように伝わって
痛みが穏やかになっていく
言葉を持たないものの療法だ

ぬめぬめと光る鱗　長い姿態を
――ううっいやだ　きもちわるい
――あっヘビだ！　殺せ　殺せ！

殺されて来た歴史は古い
けれど　最近は無差別
寿命を全うしてこそ　生きものなのに
脱皮には間がある　此処で生かしてもらおう
朽縄《くちなわ》でも　緩いとぐろは巻けるから

「ヘビが出ます。ご注意ください！」

まだ貼ってある

深海魚　ばばちゃん

深海魚は
水深二〇〇メートル以下に住む魚
海水は低温で　水の流動が少ないため
骨格や筋肉は軟弱だが
目や光り発光器は発達しているらしい

深海千メートル以下になると
光は届かず　海藻も生えない
冷たーい海水の　くらーい世界に
その魚は住み　むき出しのノコギリ歯で

身体の何倍もある胃袋を持ち
強烈な水圧　木っ端みじん寸前の深海で
エサとりだけに　専念し
生きるためにだけ　食べる
不気味な恰好の魚がいるらしい

その名は　ばばちゃん
魚の名付け親は漁師
ズワイガニ漁の網にかかったりすると
　この　くそばばあ！
目の敵と怒鳴られ　捨てられてきた
生まれながらの厄介魚

それが　最近は
深海のばばちゃんと白身魚とを混ぜ

すり身で竹輪を作ってみたら
ピチピチ肌の娘にも似た竹輪が誕生し
その名もずばり「ばばちゃん竹輪」
今では　高値で人気上昇中だとか

ばばちゃんは　美味しい
魚も人間も　ばばちゃんは最高よ！

似たもの同士

種《たね》秋田犬　母親紀州犬　初代雑種　オス
生後半年　菓子折りにて身請け
ドンを襲名　去勢のため後継ぎなし
性格明朗　忠犬ハチ公の血筋
体毛黒茶　男前　体重三〇キロ
一八年六箇月命数尽き　火葬

初代ドンは
昔　正午を知らせた大砲のように
食をせがんだことからつけた名前

二代目も負けず劣らずだったが
二代目とは妙に気が合った
一人が一匹に近かったのか
どっちにしても　血統書なしの似たもの同士
三年で我が家のボスになった
ドンは鎖が嫌いだった

一八年を生き　瞳は白く濁り　難聴が進み
乾いた鼻先は肛門の形
物干しにぶつかり　石につまずき
庭の片隅の排泄場に行くのも
食べ物を埋めるのも　穴にうずくまるのも
神の使者だった祖先の習い
……ある日
池に浮いていた月に誘われ

遠吠えもせず　睡蓮の花に抱かれ
老いを閉じたのだ　金色の目をして
夏の夜空に　私の天秤座《てんびんざ》
三角形の位置に　ドンらしい狼座がいる

ふわふわと

朝　空が高い
窓を開けると　ヒヤッ！　空気が頬を刺した
植木の根本　露を含んだ草の茂みから
虫たちの混声合唱
二階の窓辺に這い上がってくる

天候不順だった　夏
窓際の樫は真っ裸
天辺の新芽を害虫が襲ったのだ
空坊主の細い枝で

蝶やら　蜂やら　赤蜻蛉が
迫り来る命の終焉でも語っているのか
それとも　あの個性的な所作は
世相談義でもしてるのだろうか

剪定された樫の枝に　猫
散歩の途中に立ち寄るのが日課らしい
白と黒の毛並み
口周りは　落語のはっつぁん　くまさんだ
しばらく正座で対面すると
いつものように草の繁みに消えた

人も　生き物も
それぞれの日課を生き
時が来ると　草むらをかき分け

自然の懐に帰っていく
わたしも遠からず
ぶら提げた重荷を全て降ろし
咲き始めた彼岸花を手折り
ほっこり笑顔の人が待つ彼方へ
羽毛のように　ふわふわ　ふわふわと

秋　蒼い空の記憶

利根川には
時おり　世界の空が降りて来るらしい
蒼いワンピース姿で
ゆるやかな流れと　風にたわむれ
ステップを踏む姿もあるらしい

遠い日　小さな映画館で
蒼い空を羽織ったことがある
――どうぞお試しください　と
下がっていた空色のロングドレス

アフガニスタン女性の伝統服
ブルカだった
化学繊維のプリーツが　サラサラ音立て
声かけるように　足元に纏わりついた

アフガンの女性たちは
学校も仕事も禁じられ
戦争　内戦　貧困に泣く暇もなく
家父長制に転がされ
赤茶色の台地を生きていた
ころがりながら　女性たちが見たのは
ブルカ色した蒼い空

「どうぞお試し下さい」
映画館で　ブルカを纏《まと》ってみると

不意に　女性たちの声がした
――大統領になって　戦争をなくす
女たちは　ブルカをまくし上げ
大海原に船出しようとしていた

利根川の川面に　空が降りている
プリーツ色した
ブルカ女性たちの記憶を連れて……

四章　遠い記憶

マンジュシャゲ

秋　深呼吸の季節
目の前に果てしなく広がる葦原は
渡良瀬遊水地
ラムサール条約に指定された
三三〇〇ヘクタールの湿地帯
昔　ここに谷中村という暮しがあった

舗装の駐車場が切れ　砂利道を行くと
「谷中村遺跡入口」とある
村の目抜き通りだったという道は

田中正造がシラミだらけの着物で
一本歯の下駄で
目玉粥*飲み　水っ腹の村人たちと踏んだ土
道の両端に繁る葦　二メートル以上あるだろう
群落の底を歩いた

〈歴史を紐解けば〉
襲いかかる足尾の鉱毒　強制執行
最後まで闘ったのは一九戸だった
爪に食いこむ土　鍬だこ　鎌の切り傷
曲がって伸びない両手の指
村人は仮小屋で先祖の位牌を抱き
正造は仁王立ちで「余は下野《しもつけ》の百姓なり」

マンジュシャゲ

共同墓地に点在する墓石を囲み
僧侶の石塔の間に咲く花は
谷中の土に生きた人手形

朱の花
マンジュシャゲ　ヒガンバナ　シビトバナ
ソウシキバナ　シレイバナ　ユウレイバナ

オコリバナ　ドクバナ　オヤコロシバナ
テクサレバナ　ヘビバナ　ミミクサリ
カブレバナ　ハッカケバナ　シタマガリ

花を踏むな　毒などと嫌ったりするな
結実しない花は　百姓の化身
一〇四年前

ここに　谷中村と呼ばれる集落があった
ハミズ　ハナミズ　マンジュシャゲ

＊米粒がなく水のような粥で飲む人の目が映る

遠い記憶

今年は会っとかんば！

写真家土門拳と共に活躍した
城台巌《じょうだいいわお》さんからの便りだった
よしっ　会いに行こう！
炭鉱《やま》の空気と　闘いの歴史を纏《まと》った町に
日常の全てをほっぽり出し　空を飛んだ
三池炭鉱夫だった　城台巌さんは
鉱夫仲間の暮らしと　闘いの歴史を語り

炭鉱労働者「ガンバロウ」の拳を
「三池の主婦の子守歌」に声張り上げ
一九六〇年　闘争の先頭に立った写真家だ
機内で　遠い記憶を掘り起こしていた

本棚に『土門拳』モノクロ写真集がある
埋めつくされた　骸骨のようなヘルメット
大牟田市中のデモ　警官隊と全学連の激突
当時　写真家土門拳は
脳出血で右半身麻痺だったが
「三池の闘いはクライマックスに来ている
　それを撮らずには　死んでも死にきれない」
家族の反対を押し切り　現場に向かった
デモ取材中　機動隊に投げ飛ばされたが
ライカＭ３だけは　しっかり抱えていたという

世の中を撮る写真家は
ままならぬ身体の悔しさ　無念さに
怒り狂いながら　妥協は許さなかった
助手の城台巖さんに支えられ
シャッターチャンスを狙ったという

土門拳と共に　三池炭鉱闘争を記録した
執念の写真家　城台巖さんとの再会
おおおお　おおおお　……
今　なんばしよっとね！

＊参考資料　写真集『土門拳』

秋日和

――詩人　津布久《つぶく》晃司の十三回忌に

乗換えの車内で
自前の弁当を広げていると
最近　小説デビューした詩人の彼が
昼食入りレジ袋を下げて　乗り込んできた
打ち合わせのない　この偶然は
津布久さんの粋な計らいかも
車窓から差し込む陽で　米粒がまぶしい
最初に墓前に立つと霊に対面できる
独りよがりの思い込みで急階段を駆け上がる

途中　息切れの顔は鬼婆に違いない
膝が笑っている

三浦市下三浦町一二九九ー一
三浦霊園　二三区　七列一〇番
歌好きだった詩人は
生前の人気歌手とマイクを握っているだろう
御影石のベンチで作詞もし
オリジナル曲で合唱しているに違いない
自作詩の朗読には
口笛でメリハリをつけたりして
ユーモアとエロスを格調高く吟ずるから
老若男女の霊人たちが熱狂し
落葉のファンレターにうずもれ
――おひかえなすって　おひかえなすって

最近は　連合いの姐さんも仲間になって
スクラムなど組んでいるらしい

森に囲まれたマンモス霊園
木の天辺にいるのは　ミサゴだろう
線香を手向ける十四人に
冗談まじりの挨拶をしているに違いない
詩人の人柄にも似た秋日和

半分こ

電車とバスを乗り継ぎ
あなたの住む城へと向かう

最初の旅は小豆島だった
夕食は船内のレストランでと
岡山港から土庄行きに乗船したが
レストランはすでに閉店
あなたのバッグに眠っていた
キビ団子　半分こ

スペインから帰国した空港で
出国時に買った　茶まんじゅう
あなたは　食べよう
わたしは　カビが生えてるから駄目
あなたは　死にゃしないわよ
半分こした

二人とも
死なずに歳を重ねた
細切れの記憶を繋ぎながら
あなたの住む城へと向かう
手土産に茶まんじゅう提げて

あなたの住む城は川のほとり
閑静な場所にあった

入城時刻と氏名を記入し
矢印を直進すると
エレベーターが迎えてくれた
ドアが開くと
目の前に立っていたのは
あなたらしい女性
無表情な　あなたの抜け殻だった

死にゃしないわよ
遠い日　即断したように
心と肉体を半分こして
記憶を旅立たせてしまったらしい

手土産の茶まんじゅうを
一個ずつ食べて　また来るね！

受話器から

不意に　先生の声がした

人間　七十歳過ぎたら
体力の衰えは五年毎です
七十五歳は　まだ大丈夫
八十歳でも　気力で頑張れる
けどね　その後は
一日・一日が勝負ですよ

えっ　あれっ！

昨日　出来たんだから
一晩　眠っただけなんだから
今日だって出来るはず
記憶に新しいはず　なんて焦ってる
その歳にならないと解らない事が
沢山あるんですよ

老いて学んだことは
体力　能力　忍耐力など
体内の全てに限界があるのだと
実感できた事くらいでしょうか
こうして話していても
言葉は空気に紛れ　たちまち消える

だから

思った事　目前の事　世の今を
活字にしてるんです
身体は消えても　活字が生きてれば
何時か　誰かが読んでくれる
まだまだ　書き残した事
山ほどあるのですが　残念です

田中則雄先生　九十二歳
旅立たれた先生の声が聞こえた

ごめんな

煮え湯に菜花を入れようとしたら
母の声がした

産みの母が家を出て行ったのは
弟が五歳　母が七歳だったという
叔父さんの家の土間で
稲わらにくるまり
雑魚や野草を食べて
ねえちゃん　うんまいなぁ
ほやほやの猫毛の　青っぷくれ

水ばっかり飲ませ
弟を　死なせてしまったよ

ごめんな　ごめんな
母は　優しく唱えながら
川魚や野草を調理した
煮る　焼く　どれも美味だった
どうして　母ちゃんは食べないの
と　聞いた日
弟は
足手まといを察していた子だったよ
……
一緒に泣いて
適当な言葉が見つからなくて
おじちゃん　生きてたらよかったね

母が逝ったのは
野生の食物が躍動する　はる
どじょう　たにし　えびがに
せり　のびる　わらび　菜花
どっさり背負った　母が見えた

　ごめんな　ごめんな
母の声を胸の奥にしまって
春一番の　菜花を茹でた

メモリー

あ痛っ！
噴きでる血

とっさに思い出した
父譲りの砥石で包丁を研ぎ
切れ味を試したこと
職人だった父が
刃物は魔物　と言っていたのを

向き合って

耳たぶの腫れものに
カッターナイフを当てると
スーッと裂けた
親指で傷口を押さえ
力を入れると
にゅにゅにゅっ
飛び出たのは
バター色した脂肪のかたまり
……ほら　うまくいったでしょ
脱脂綿を開いて見せると
貴方は
ちらっと前歯を覗かせた

あの日
鋭利な刃先をガスにかざし

オレンジ色に焼き消毒した
薄刃の何処に
死が潜んでいたのか

耳朶にカッターを当てた日から
四十年
真っ赤な血が
今も　私の胸奥から噴きだしている

ゆめ

パーカッションの野獣の響きが
アフリカの原生林をかきわけるように
たるんだ血管をくぐり
体内の深くへ沁みこんでいく

パタピタ　パタピタ　ポカポカポン
カタカタトン　カタピタ　ドンドン
野生のテンポにさそわれ
わたしの体内から飛び出した裸足の人が
歩き出した

ゾ、バフォバフォ*
ゾ、プラプラ
ゾ、ホロイホロイ

見覚えのある顔
そう　いつか旅で出会った人だ
身振り手振りで心が通じた
あの　アフリカの人だ
遠い瞳をしている彼は
老朽化した体内の何処に住んでいたのだろう

ととと␣ん　とっとん　すととんとん
たかたかたったん　すったかたん
あれはパーカッションではない
木の韻律だ

樽をたたいている音だ
醤油樽の鏡（蓋）がかなでるお囃子だ
細工場の職人の気合だ
父がいる　樽職人の父が
木っ端にうもれ
　〈男すはだでとんからとんとえ〉
　〈樽しめるとんからとん　とことんからとん〉
父がうたった節まわしだ

おどっている
パーカッションと樽
一三〇〇度で焼かれた父の骨と
アフリカの人
トーテム・ポールをめぐりながら
カサカサの白い骨と　アフリカの黒い影が

とおく　小さくなって
わたしは目覚める

＊アフリカのスーダン語
　ゾ、が「歩く」意味の動詞
　後が歩く形容を表す擬態語（『擬音語・擬態語辞典』）

温かみ

初診の日
医師は　膝関節のしくみ
手術の流れを説いた
（机に実物大の模型がある）
レントゲンの画像を見ていた医師が
回転椅子を素早く廻し
目線を合わせると
〈ぼくがなおしてあげます〉
とっさに　温《ぬく》い空気が体内を突き抜け
痛む膝が温《あった》かくなった

手術を即断したのは
力強い言葉に
ハートが割れたからではない
整形外科医の自信と
患者の信頼が合致したから

信の文字は
人と言葉から成り立ったように
元来人は
信じて疑わない動物なのだ
世の中は
信の文字でつながっていたい
そうありたいと願っている

人工関節でも信の膝だ
温《あった》かい血が通っている

匂い

手渡された白菊を供え　一礼すると
私《ひそ》かに檜の匂いがした

彼を見舞ったのは
檜の小花が咲く芳香《かおり》の強い頃
すでに言葉を失っていた
帰りぎわ檜を抱え
　オーオーオー　オーオー
微かなバイブレーションに
唾液が連なり地に落ちて行くのを見た

こどもの頃
庭の真中に檜の大木があった
兄弟三人の腰かけ枝は決まっていて
こども部屋同然だった
長女は空を見上げ　巣立ちの真似をし
次女は　留守の母を捜す櫓に使い
弟はもの作りに熱中し　墜落したこともある
檜の体臭にまみれていた日々

小鱗の葉が炊飯器や食材に紛れこむと
強烈な匂いで存在を主張した
湿気に強く耐久力がある檜材は
最良の建築材といわれている
この樹は　パチパチと音たてて

カラッと燃えつき　さっぱり匂わなくなる

こげ茶色の皮が剥がれ
剥きだしの幹に光っていた樹液
こども等の遊び相手は
いつ伐られたのか分からないが
匂いは記憶の殻を破り
ひょいと出てくるものらしい

鬼の帰宅

コーヒーポットのスイッチが切れると
二つの専用カップに注ぎ　仏壇に供える
写真がほほ笑んだような気がするのは
立ち昇る湯気のせいだろうか
共に暮らした頃には味わったことのない
ほろ苦さと　まろやかさが
喉ごしに沁みてゆく

遠い日
嫁ぎ先から職場まで

四〇分の道のりを自転車で通った
冬の帰りは　江戸川の橋のたもと
屋台のラーメンで温もり
春は　田植え前のいちめんの蓮華草
ピンク一色の田に　ぽっ　ぽっと浮く屋敷林
――レンゲは押し花にすると素敵なのよ。
夫は　土手を駆け下りてはくれず
春風が　黙って頬をなぜていった

婚家を飛び出し　家を新築すると
私は　労働組合の代議員
賃金交渉　労働条件の改善
妻の座をほっぽりだし
要求と交渉　スクラム組んで歌った頑張ろう
自宅の洋間は　婦人部役員の集会所だった

何時の間にか　夫は病魔に奪われ
気づいた時には　脳神経まで冒されていた
一晩中　廊下を行ったり来たり
トイレの窓から外を眺め
不意に意識が戻ると　受話器を取り
――文子を頼む　俺はこの家と一緒に沈むから……
私を妹に託し　節分の夜
夫は　鬼に連れられ旅立って逝った

鬼は内……おにわぁ家
おかえりなさい……あなた
　あらっ　コーヒーが出来たようだわ！

相棒

柱時計が刻む振子音は
二人三脚のリズム

共働きの賃金で求めたのは
昭和四七年六月一日
購入日の記録はすすけているが
文字盤はさっぱりした笑顔で
今も軽快音を刻んでいる
月一度　ネジを巻くのは
思い出の時を逃さないため

安保闘争で　スクラム組み
合理化反対で　拳振り上げ
賃金交渉のストライキで
ガンバロウを合唱した仲間

貴方が逝って　四三年
柱時計と共に　四五年
歳月は重たいもの
覆いかぶさるものと感じるようになったのは
つい最近のこと
わたしの財布は診察券で膨れ
秒針は　時どき足踏みするから

シャッター通り商店街で

時計店は健在だった
店主は代替わりしていたが
点検依頼の時計を受け取るなり
新生児を抱く格好で
この時計は　家で……。
わたしの相棒です　とだけ答えた

姿を変えて

何時の間にか隣家のテレビアンテナにカラスの姿がある。流し目だけで知らんふりしていると、私の窓に向かってカアカア・カアカア、首振り尾を上下に振っている。それでもパソコンから目を離さずにいると、ガアガアガッガッガッ。オクターブ張り上げ命令音が降ってくる。何処で観察しているのかはともかく、如月の碧空に突き出たアンテナは、寒くて凍みるだろうに！

霜月十一月、夕陽が沈む時刻になるとベランダで空を見上げる。日課になって何年になるだろう。ねぐらに帰るカラスの一群が、私の空を飛ぶ時刻なのだ。アンテナの彼も家族と一緒だろうか……

甲高い鳴き声と羽ばたき音、大空を黒一色に染める集団移動は、圧巻の外に言葉はない。やがて体長は小さくなり黒い塵になって、茜色の夕陽に溶け込んで消える。空は薄墨色に形を変えて往き、住宅の灯りが賑わい始める。

カラスの兄弟は、熱帯雨林のニューギニアに住む極楽鳥だという。色とりどりの飾り羽を広げ求愛ダンスをするあの鳥が。もしかしたらカラスは、腹違いの憎まれっ子でもあるのだろうか。だとしたらアンテナの彼は、逝った人と同じ境遇なのかも知れない。彼は、私を見分けることができるとしても、結局は結局はカラスでしかない……

鳥類の体温は四十度もあるらしい。体温を保ちなが
ら飛ぶには、体を軽くして人の何倍も食べ、次の一
時間を生きるのに食べて、二十年は生きると言う。
今日も　彼がアンテナで首振りしている。間もなく
逝った人の命日が来る　四十五年目の。

姪に

難産の末　生まれたあなたは
無菌室で身体中真っ赤にして泣いた

久しく美しい娘の名　久美子
ウェディングの日
純白ドレスのあなたが眩しくて
称える言葉も見つからず
思案投げ首　名言浮かばず
咄嗟《とっさ》に叫んだ　ありきたり
〈きれいよ　おめでとう！〉

臨月を迎え
脚のつけ根が痛むという
腹の子は手を握りしめ
動きが鈍くなったとか
頭が産道に近づくにつれ
母体の胃袋は圧迫から解放され
食が進むというのだ
産む母と　生まれる子の連携で
出産の体勢が整っていく神秘
生まれた瞬時に泣くのは
独り立ちへの発奮なのだろうか

赤ん坊だったあなたが　母になる不思議
馬に食わせるほどの歳で
母体の精密さに感嘆するばかりの　私

何とも不可解な気分だが
最近
できるのは検体くらいと思っていたが
まだ残っていた
産声がまっとうに生きられる
呑気　根気　元気　の献立

寒い夜だ
お湯割の焼酎でも傾けよう
……
　カムオン　カムオン

遠くから
確かな心音が近づいてくる

ありがとう

マンションの車庫№17
入庫していたのは　スカイブルーの軽
ナンバー９６２３　だった
解読すれば　クロウフミ

車体ナンバーは偶然とは思いたくなかった
逝った人のねぎらいに違いないから
無事故四五年は
旅立った夫の年数に重なる

二〇一九年九月二四日
喜怒哀楽を共にした相棒
苦労文　にサヨナラし
写真に語りかけながら茶を供えた

一番茶の苦みが目に沁みて……

解説　海の記憶から戦争と平和の意味を問い続ける人
鈴木文子詩集『海は忘れていない』に寄せて

鈴木比佐雄

鈴木文子氏が十二年振りに詩集『海は忘れていない』を刊行した。新詩集は四章に分かれて四十九篇が収録されている。一章「海は忘れていない」十三篇は戦争の記憶、二章「最後の捜索」九篇は東日本大震災・原発事故に関わった記憶、三章「我孫子だより」十三篇は地元の風景で息づく自然、小動物への眼差し、四章「遠い記憶」十五篇は敬愛する人物や友人たち、亡くなった父母や夫など親族との大切な思い出、そのような五十篇によって、文子氏のこの間の詩的表現の全体像を知ることができる。

文子氏の一章の詩篇などには、醤油樽の職人で中国戦線に従軍した兵士であった父から戦争について学び、その道義的な戦争責任が日本人の自分にもあると感じ取れる。文子氏が特攻兵士や沖縄戦や従軍慰安婦などの悲劇を背負った人びとを書き続ける理由は、父の時代を忘れないように戦争と平和の意味を問い続けていくことなのだろう。またルポルタージュ的方法で歴史的な現場にタイムスリップして対象に肉薄する視点は、独特な複眼を駆使して対象に迫っていく。またそこで感じた亡くなった人びとへの鎮魂の思いと、その魂の癒されていくことを願う祈りが詩行に存在している。冒頭の詩集題にもなった詩「海は忘れていない」を引用してみる。

「海は忘れていない」

二〇一一年一〇月／長崎県　伊万里湾沖／二〇メートルを超える海底から／沈船が発見されたという／／蒙古　フビライ軍の来襲／／〈ビュービューヒューンヒューン〉／／蒙古は二度とも暴風雨に見舞われた／特に　二度目の侵攻では／四四〇〇の艦船が／壊滅したと言われている／／戦わずしての勝ち戦《いくさ》で芽生えた／「神風」「神の国」という言葉は／神仏を信じた人から出たと言うが／元来　命を産み出す／海や母親たちの／祈りだったような気がする／透明な深海のように／／海は忘れていない／神風をねじ曲げ／戦意を煽《あお》った／あの侵略を　失った生命を／人間魚雷「回天」を／攻撃艇

「震洋」・「マルレ艇」を／神風特攻隊を／一九四五年　八月十五日を／海は／生命の母だから

文子氏は十三世紀の「蒙古　フビライ軍の来襲」の「沈船」、壊滅した軍船の発見のニュースを聞いて、その時に吹いたと言われる「神風」について次のような解釈をする。〈「神風」「神の国」という言葉は／神仏を信じた人から出たと言うが／元来　命を産み出す／海や母親たちの／祈りだったような気がする／透明な深海のように〉。しかしながら国家・軍部は「神風をねじ曲げ／戦意を煽《あお》った」のであり、その「神風」を吹かすために利用された特攻兵士たちを決して忘れてはならないとこの詩を書き記したのだろう。国家主義を呼び起こすために「神風神話」は最も効果的に利用されて、前途ある若者たちを戦場で無駄死にさせてしまった「神風」を冷静に批判していくためにも、海の底に眠る〈人間魚雷「回天」を／攻撃艇「震洋」・「マルレ艇」を／神風特攻隊を〉決して忘れてならないと語っている。後世の人たちが仮に忘れたと思っていても「海は忘れていない」と告げている。「海」は人間の愚かさをすべて覚えているのであり、文子氏は「海は／生命の母だから」全てを透視しているのであり、日本人はこれからも特攻兵士たちの生身の身体が砕け散った海の記憶を「元寇の沈船」のように保存し顧みるべきだと語っているようだ。

その他では、詩「海底の捨石」では、戦争末期にベニヤ板製モーターボートに二五〇キロ爆雷を装備して敵艦に特攻攻撃をして死亡した一三五〇人もの若い兵士たちの魂が「終戦を知らず／現在《いま》も海底で戦っている」かも知れないと想像する。そんな若き兵士たちを忘れることなく慰霊し続けるべきだと語っている。

六篇の連作詩「海底に眠る元寇船・船喰虫《ふなくいむし》」では、元寇の沈船を調査したところ木製部分は船喰虫が住み着いていたという。その木をくりぬき棲み家を作るトンネル技術が、人間に影響を与える「シールド工法」になったことを伝えている。人間世界の争いは、生きものたちにとってはあずかり知らぬことだが、船喰虫はその愚かさを逆手に取ってしたたかに命を伝えていく。文子氏は「頭に貝殻名残りのヤスリを巻き／大口あけ汗だくで叫ぶ顔は／激怒する労働者デモ隊の顔　船喰虫の顔だ」のような表現をして、このユニークな職人のような働き者の貝に海を見守っていく存在として敬意を払っているかのようだ。

詩「あれから」では、「紙馬と書いてチーマと読むのよ！／旅の土産を見せながら／詩人高田敏子さんがくれた木版画は／子授け　首吊り除け　災難除けなど」と高田敏子氏から伝えられた中国人たちの民間信仰を思い起こす。

詩「墓」では、「此処は　関東軍満州七三一部隊／部隊長だった　石井四郎の故郷／墓屋敷ともいえる一族の仏塔に」は石井四郎の名が刻まれていない。近くの老人に石井四郎について尋ねると「中将さんは村を豊にしてくれた」と、日本の一般民衆が中国人への人体実験にも加担していた事実を明らかにしている。

詩「アウシュヴィッツ――生命《いのち》の膏《あぶら》」では、「一日　八〇〇〇人の命が煙と消えた」。そして「死体は野原で焼かれ／じゅくじゅく　じゅくじゅく／焼けながら搾り出される膏は／たらたらと器から溢れた／生命《いのち》の膏は／捕まえられた囚人たちの手で／ローソク　石けんに加工された」と冷酷な事実を伝え、最後に人間の膏で作った石鹸の包装紙の花柄に目を止め「目の前にハルジョオンに似た／薄いピンクの押し花がある／コオロギが鳴いている」とその非情で絶望的な思いと同時に、コオロギの鳴声に救いを感じている。

詩「赤いキクイモ」では、〈ポストカードに描かれていたのは／赤道直下のラバウル／日本軍が占領と同時に建てた／「ココポ慰安所」三棟の周囲に／赤いキクイモが寄り添うように咲いている〉と従軍慰安婦たちの痛ましい存在を伝えている。

詩「修学旅行　『国民学校一年生の会』二〇一七年五月十八日解散」では、戦争中は軍国主義教育を、戦後は「新しい憲法のはなし」に「希望の光を見いだした」という「国民学校一年生の会」の会員の一人として最後の「修学旅行」である「沖縄　連帯の旅」に向かった。

詩「宮古島にて」では「沖縄に似合うのは　青い空　碧い海！／沖縄の基地は無用の長物！／／這い上がって来る白砂の温もり／這い上がって来る

三線《さんしん》の音色」を「国民学校一年生の会」の会員たちと共有したのだろう。

詩「沖縄　慰霊の日」では、ハンセン病療養所の宮古南静園の歴史について触れている。

詩「ダイトウビロウの木は　――南大東島では南南東の風」では「ダイトウビロウは　島を象徴する木／直立の幹は天に向かって一〇メートル／遠い日の戦争を　慰安婦たちを／記憶しているに違いない」と、「ダイトウビロウ」が見た南大東島の慰安婦の記憶を語ろうとする。

詩「ニライカナイ」では「ここは　ニライカナイ／やって来ました　命の故郷／魂がたどり着くという　東の彼方／――あなたが逝って　四十五年」と亡き夫との魂の会話を記している。

最後の朗読構成詩「いま　ふりかえる　姉妹で逃げまどった沖縄戦」では、詩友で沖縄戦を母と一緒に経験した佐々木藤子氏の同名の手記を基にして、沖縄戦を殺された民衆の側から見た沖縄戦の叙事詩だ。

以上のように一章で文子氏は戦争体験を今だけでなく未来にも届けていくために、様々な手法で後世の人たちに伝えようと試みていて、それはとても貴重な詩篇になっている。

その後の二章「最後の捜索」九篇では、東日本大震災・原発事故に関わった十年間の記憶が、そこで出会った死者たちの棺から始まり、今も苦悩する福島県浜通りの人びとの重たい思いに寄り添いながら記されている。

三章「我孫子だより」十三篇では、利根川近くの地元の風景で息づく自然、小動物への眼差し、暮らしの新しい発見など文子氏の日常が立ち上がってくる。

四章「遠い記憶」十五篇では、敬愛する人物や友人たち、亡くなった父母や夫など親族との大切な思い出など、文子氏の身近な人びととの深い交流が描かれている。

以上のような、鈴木文子という戦争と平和の意味を今も海や植物や小動物などの生きものたちから問い続ける詩人の様々な魅力を読み取って欲しいと願っている。

あとがき

ここに収めた詩篇は、二〇〇八年刊行『電車道』（コールサック社）以後、十二年間に発表した詩から選んだものです。作品は、一瞬の体験や感動を書いてきたと思っていたのですが、纏めてみると怒りや、抵抗感と言った見聞録的な詩が多く、改めて自分の詩を振り返る時間になりました。

私に怒りや抵抗感が芽生えたとすれば、「戦争は　戦争だけは、やっちゃなんね」と、戦地の状況を語ってくれた父から始まっている。みんなが笑って暮らせる世の中が一番！　これが父の口癖でした。父と二人、中国の戦地を訪ねてもいる。こうした父の話や体験の記憶を受け継ぎ、現在も詩を書いている。と言うより書かされている。と言っても過言ではないと思う。

昨今は、新川和江氏の命名により立ち上げた「声で伝える・鈴木文子の朗読の会」の仲間が、詩を書き朗読し、野外研修も行っている。また、石川逸子氏・陶芸家の関谷興人氏ご夫妻の叱咤激励により、講演活動もしている。

この度も出版に当たり、一方ならぬお世話になったコールサック社代表・鈴木比佐雄氏と校正担当の座馬寛彦氏に心から御礼申し上げます。

鈴木文子

二〇二〇年七月

著者略歴

鈴木文子（すずき　ふみこ）

1941年　千葉県野田市に生まれる。

既刊詩集

『鈴木文子詩集』、『おんなの本』、『女にさよなら』（第二〇回壺井繁治賞受賞）、『鳳仙花』、『夢』、『電車道』、『海は忘れていない』

所属

「日本現代詩人会」・「戦争と平和を考える詩人の会」・「いのちの籠」など各会員、「朝露館につどう会」・「詩人会議」・「野田文学」・「野田地方史懇話会」など各運営委員、「私鉄文学集団」代表、「声で伝える鈴木文子の朗読の会」主宰

住所

〒270-1173　千葉県我孫子市青山4-1　ノトスアゼリア210

石炭袋

鈴木文子詩集『海は忘れていない』

2020年8月15日初版発行
著者　　　　　鈴木　文子
編集・発行者　鈴木比佐雄
発行所　株式会社 コールサック社
〒173-0004　東京都板橋区板橋2-63-4-209
電話 03-5944-3258　FAX 03-5944-3238
suzuki@coal-sack.com　http://www.coal-sack.com
郵便振替　00180-4-741802
印刷管理　（株）コールサック社　制作部

＊装丁　奥川はるみ

落丁本・乱丁本はお取り替えいたします。
ISBN978-4-86435-445-5　C1092　¥1800E